키 작은 엄마

키 작은 엄마

초판 1쇄 인쇄 2013년 04월 01일
초판 1쇄 발행 2013년 04월 08일

지은이 박 은 원
펴낸이 손 형 국
펴낸곳 (주)북랩
출판등록 2004. 12. 1(제2012-000051호)
주소 153-786 서울시 금천구 가산디지털 1로 168,
우림라이온스밸리 B동 B113, 114호
홈페이지 www.book.co.kr
전화번호 (02)2026-5777
팩스 (02)2026-5747

ISBN 978-89-98666-30-9 03810

키 작은 엄마

박은원 시집

book Lab

스스로를 토닥거려야 하는 세상 속에서

지금 내가 잘 살고 있는 걸까? 봄기운에 취해 있다가 갑자기 부는 칼바람에 끈 떨어진 연처럼 땅에 곤두박질칠 때가 있다. 다시 툴툴 털고 일어나본다. 그러면 일상에 치여 어질어질해하는 모습도 거울로 보게 된다. 그 순간 우리 부부만이 세상의 전부인 것처럼 두 아이들이 어느새 우리만 올려보고 있다.

아이들은 펼쳐보면 귀하게 다뤄야 할 한지 같다. 인공적이지 않은 천연염색으로 물들어가는 흡수력은 마치 기적 같다.(꿈 같은 기적이다. 꿈 같은 행복과도 마주친다.) 그래, 우리 부부인생의 축복은 아이들과의 만남이고, 성장이다. 이 기쁨만한 것이 어디에 있을까? 첫아이가 첫돌을 맞자 나도 신생아 엄마를 지나 돌배기 엄마가 되었다. 9살, 6살 두 아이의 엄마니까 딱 그만큼 어설픔을 벗어내고 9살, 6살 엄마가 된 셈이다. 애들과 눈높이를 맞추기 위해 무릎을 꿇고 최대한 키를 줄일 수밖에 없다.

객관적으로 봐도 부모로서 우리 부부는 부족한 점이 많다. 하지만, 오히려 더 자주 사랑한다고 말해주는 아이들을 보면서 순간의 행복을 느낀다.

우리 주변에 고마운 일들이 많다. 당연히 누리는 것들조차도 어쩌면 다른 이들에게는 낯선 희망일 수도 있다. 각자 생김새부터 주머니 사정, 가족의 구성원까지 모든 게 같을 수는 없다. 다르다는 게 결코 틀린 건 아니라는 걸 말하고 싶다. 언제부터인가 다른

것조차 틀리다고 표현하는 세상이 되어갔다.

　대한민국은 아직도 깨지지 않는 편견 속에서 살고 있다. 입양가족에서부터 시작해서 다문화가정과 한부모가정 그리고 재혼가정, 장애인가정, 새터민가정까지 가정의 형태는 다양하다. 그럼에도 불구하고, 다양함을 인정하지 않거나 못하는 세상에 대해 할 이야기들이 많다.

　예를 들어 '얼음땡놀이'라는 시를 통해서는 임신부가 노약자석에 앉는 것까지 자연스럽게 받아들이지 못하고 있는 현실을 담담히 이야기하려 했다.

　이 책을 통해
　매순간 사랑하고
　매순간 행복을 느꼈으면 좋겠다.

　작가의 길을 걸을 수 있게 해준 듬직한 남편과 이해해주시고, 배려해주셨던 아버지, 활력소가 되어준 보물1호 재상이, 보물2호 지아에게 사랑한다고 수줍게 고백합니다. 또한, 새로운 시도를 격려해주신 북랩 출판사 관계자분들께 깊이 감사드립니다.

　끝으로 귀한 생명을 주신 우리 어머니, 아버지!
　고맙습니다!
　그 하나만으로도 고맙습니다.
　그리운 만큼 사랑합니다.
　햇발이 처음 쏟아집니다

2013년 3월 19일 박은원

*햇발: 사방으로 뻗친 햇살

차 례

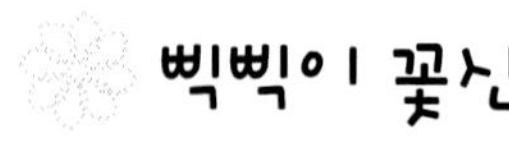

삑삑이 꽃신

학교는 산 중턱을 지키는 곳
친구들과 밤늦도록 명동에서 놀다가 깁스를 하게 된 초여름

무더위만큼보다 더 졸라 등교를 하겠다고 생떼 쓰는 날
엄마는 한참 빤히 들여다보다가 이내 현관문을 여셨다

교실은 한없는 계단을 품은 곳
이제부터 엄마에게 업혔다.

첫 계단을 오를 때 친구들 얼굴이 아른아른
교실 앞에서 휘몰아치는 엄마의 숨소리
엄마는 땀을 눈에서도 흘리셨다

훔치고 훔치다
이내 턱턱 막혀버리는 딸의 행복에
그냥 두 입술만 꽉 깨물고 계셨다

우리 세상은 동그라미 같은 곳
내 기억 속 너머 실가닥 같은 문턱에서
되돌아보면 원같이 하얀 세상이 된다

돌아올 엄마에게
이 꽃신을 신겨드려야겠다.
어디 가시든 발소리와 향기가 엄마를 지켜드릴 수 있게

키 작은 엄마

나잇값

엄마, 나잇값을 꼭 해야 하나요?
엄마노릇, 어른 노릇, 사람 노릇

애야, 연꽃이 진 후를 본 적이 있니?
피는 꽃마다 아름답지만,
저물어가는 꽃들도 의미가 있단다

피어나는 꽃잎만 보지 말고
뿌리를 들여다보면서 살아야지

맞아, 매일 생일 맞은 어른처럼 산다면
나잇값 하는 게 어렵지 않을 거야

엄마, 내 엄마가 되어줘서 고마워
공깃돌 하나처럼 전체를 움켜쥔
그 손길에 따뜻해

엄마 탄신일

하고 싶은 말
하려던 말
내일 할 일

바람을 놓으세요

달력에 빨간 표시만 요란하고
모든 게 조용하니까요

아가처럼 잠 든 엄마의 손을 잡아드렸을 때
어째, 제대로 된 실반지조차 못 해드렸을까

머릿줄을 풀어 약지에 끼워드렸다

다음 생에는 제가 엄마가 되어
곱고 귀한 것들 모두 누려드릴게요

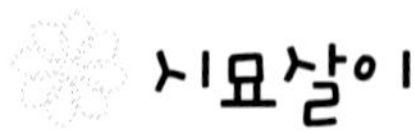

시묘살이

추운 곳에서
따뜻한 곳으로 오니
몸이 노곤노곤

먼지 낀 영사실 안
헝클어진 필름이 헛돌아가듯
스르륵 스르륵

바람이 묻어주는 머리카락을
물고 있었다.

시계 밥을 주고난 후
부뚜막 온기를 찾듯이
살포시 안겨본다

*시묘살이: 옛날에 부모님이 돌아가시면 자식이 산소 옆에 움막을 짓고 3년동안
     산소를 돌보며 살았다

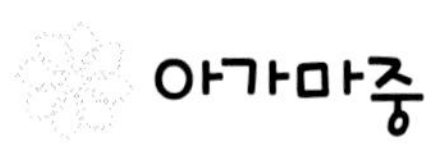

아가마중

지나간다
내 아가가 지나갈 수 있도록
가슴에 구멍을 내놓아
연이라도 실컷 날 수 있게 해야지

108개의 귀가 되어
또 듣고 끝까지 들어줘야지

실전화 놀이로
모든 게 통하다

찌릿하게 살짝 검지를 스쳐
한 올씩 제 색을 내기 시작하는
자수 배냇저고리

마중
시작되었다

아버지의 지갑

엄마 뒤에는 나무 한그루가 있었다.
매순간 그 자리에 있기에 제자리였다

어깨가 아프고
등이 쑤실 때
시원할 때까지 나무와 부딪혔다

하늘에 그림을 그려
세상 속에서 그 아래서 쉴 수 있으니까

쉼표의 그늘은 내게 늘 있어주었다.

속이 뻔한 지갑사이로
천원 지폐 두 장만 겨우 허리를 잡고 있고
가족사진 한 장만이 삐죽이 인사한다.

붙잡고 놓았다
놓쳤다가 매달리는

시계추 끈 안에 있는
빈 배 타고 이렇게 매일을 사셨구나!

오늘만이라도 아버지 몰래
만선을 띄워드려야겠다

머리빗

이사하는 날
장롱을 옮기다

장롱 깊은 곳 구멍 난 스타킹으로 훔치다
만난 몇 올의 머리카락

몇 가닥 머리카락을 머금고 있는 빗
곱슬머리에 억센 흰 빛을 담고 있었다.

잊으면서 살아가서 미안하다며
엄마를 가슴에 안았다

가장 어두운 곳에서
별을, 엄마를 으스러지도록 안아봤다

키 작은 엄마

검은 바나나

유난히
발그레 볼빛 때문인가

무겁지 않게 해주는 간식
검은 바나나가
내게 인사를 건넸다

잘 익었구나
얼른 껍질을 벗겨 조금 맛을 봤다

다행스런 달콤함에
우리 아이들까지 금빛 미소로 대답했다

가벼운 주머니속까지 노랗게 웃었다.

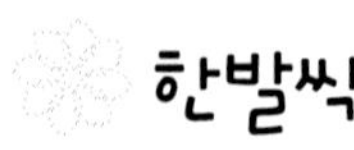

한발씩

- 입양된 아이가 어른이 되어 엄마를 찾은 시간

멀리서도
단번에 알아봤다

어느새
우리만의 영화가 상영되고

입술만 뱅그르 그림을
대충 그리다가 엄마…

왜 그랬냐
어떻게 그럴 수 있었나

엉킨 실타래는
짐승 같은 울음만 뱉어내게 했다

눈매는 웃고
입은 소리 없이 울고

2할의 그리움과
1할의 통증이
날 버텨냈다

드디어
엔딩 크레딧
가족의 이름들이 뜨기 시작하자

가장 가까운 길을
멀리 돌아온 영화가 다시 상영된다

주인공들이 많은 세상
관객 없이도 쉬지 않고 상영된다

*엔딩 크레딧(Ending Credit): 영화나 드라마 등의 마지막 장면에, 제작에 참여한
사람들을 소개하는 자막

내 몸무게

새댁은 누구세요?
딱지 한 장을 몰래 숨겨놓는
아이처럼

술래잡기하듯 목욕 후
저울 앞에 선 우리
엄마를 업고 체중계에 올랐다

몸무게는 항상 함께 재는 것

열달을 품고
열두달을 업어

어느새 돌쟁이엄마에서
신생아엄마로 훌쩍 크셨다

못내 불어난 몸무게에 맘 상하실까
엄마와 함께 체중계에서 중심 안 잡고
퍼뜩 내려왔다

민들레홀씨가
친구하자고 할 내 몸무게가
나왔다

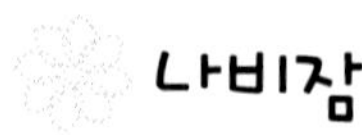# 나비잠

어느 순간에
포른포른 날아가 버릴 듯

으응 하면서 기지개 켜면
쭉쭉 마사지가 필요하다는 듯

뛰어! 얼른 뛰어!
무리한 운동에 몸살 난 걸까?

잠들지 않으면
푸른푸른 날아올라

그 나비
잡을 수 없어도 좋다.

나비잠

*나비잠: 갓난 아이가 두 팔을 머리 위로 벌리고 자는 잠

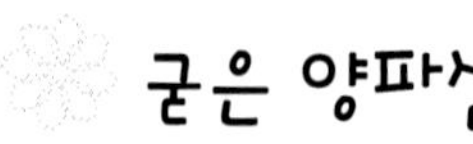

굵은 양파살

잊을만하면
매일 한손에 쥐어준다

잊었던 엄마의 진짜 이름이
도마 위에 떨어진다!

첫 식사
칙칙 압력밥솥에서 나는 밥내음과
톡톡
도마소리

엄마가 내시던 소리들이
이제 가슴을 데게 한다

메이는 밥 한 숟갈
맵다가 입을 벌리면 달게 느끼는
수저를 잠시 내려놓았다

# 참을만해

눈 내리는 날
마지막 창이 닫히는 순간에도
들어야만 했던

참을만해

내 가슴 켜켜이 무더내는 선물을
받아든 채
그저 참을만한 건 없다는 걸 알았다

그래도 겨울이 찾아오면
그릴 수 있는 이가 있어 다행이다

참을만했던 엄마
엄마처럼 살지도 쉽지 않았던 딸

눈이 그치는 날
첫 창이 열리는 순간에는
참지 않아야 했다

엄마처럼 바보같이

엄마처럼 살지 않을 거야
바보 같다는 말도 자신 있게 말했습니다.

그래그래, 너는 이렇게 살지 말아라
그럼요, 잘난 맛에 취해 있었습니다.

바보같이 그때는 몰랐습니다.
그리 살기엔 오르지 못할 산이었음을

엄마처럼 살고 싶어도
살 수 없었다고…

퇴근길 꽁지따기놀이에 진 후
사과 한아름 들고 친정을 향한다.

*꽁지따기놀이: 말놀이 중 하나 예) 원숭이 엉덩이는 빨개, 빨가면 사과, 사과는 맛
있어, 맛있으면 바나나, 바나나는 길어, 길으면 기차, 기차는 빨라, 빠르면 비행기,
비행기는 높아, 높으면 백두산

키 작은 엄마

# 엄마와 할머니

엄마는
아주머니라 고마워
우리가 있을 수 있으니까

로터리TV 화면이 꺼지지 않게
쉴새없이 동전들을 넣었지.

엄마는
아주머니에서 할머니가 되어가서

병실 안 거울은
모두 치우고

엄마가 좋아하는 막장드라마는
계속 이어지네

빈손으로

떠났다
떠나지 않는 것이 없다는 걸 잘 알면서도
빈손이 아쉬워
주머니에 손을 넣어 뭐가 있나 훑어보다가
괜히 뒤를 돌아봐 흘린 게 없나
다시 돌아보는 사이 얼른 콧물을 훔쳤다

빈손으로 떠나셨다
사랑은 기억으로만 남는 거라면서

햇볕이 드는 창틈 사이로
새들을 위해 남긴 곶감들이 내 콧물을 닦아주었다

키 작은 엄마

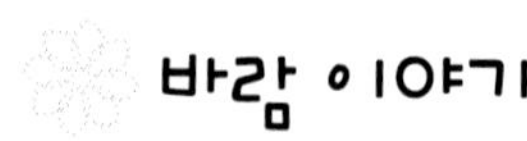

바람 이야기

내음 들풀향기 들풀향기
바람이 다시 들려주는 이야기
고개를 들어 바라보지 않아도

구레나룻의 솜털들을 간지럼 태워주자
사진을 내려놓았다

사진은 뺄셈밖에 남아있지 않아
거름이 될 수밖에 없다.

우리 아이들을 올곧게
키우는 뿌리가 되라고
들풀향내를 품기면서 바람은 다독였다

엄마는 가셨지만, 다시 돌아올 것이라면서…

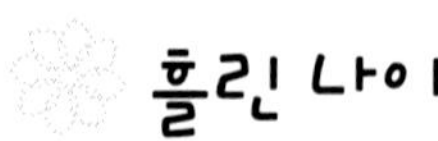

흘린 나이

햇살에 눈이 부셔
쪽잠을 자고 일어나니
나도 모르게 흘려버린 나이

어디서 칠칠맞게 침 흘려가며
바보같이 자고 있다가
침까지 흘리고 있을까

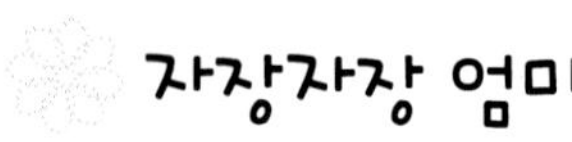

자장자장 엄마

엄마의 팔베개
자장자장 엄마의 목소리에
두눈을 맞추며 젖먹이는 엄마

자장자장 우리 아기
자장자자자장 울 아기

자장자장 우리 엄마
자장자장 잘도 자네 울 맘

# 문턱

엄마가 보고 싶을 땐
하늘 키가 작아졌다

한줌의 모래를 움켜잡듯이
문턱을 넘길 때

하늘은 내게
비를 주었다.

씻겨 내려가는 모래알처럼
넘쳐나는 힘에 비로소 빈손이 되어버렸다

다행이다

엄마가 나를 보고 있을 땐
하늘이 모래시계처럼 보였다

키 작은 엄마

 # 무효

무효는 하고 있어도
불효하지 않았다 생각했는데

한 개피 담배만큼 큰 차이가 있었다
연기처럼 그렇게 기회는 지나갔다

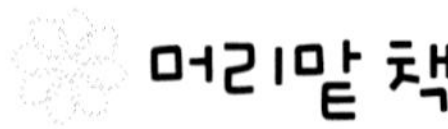

머리맡 책

언 손을 녹여
얼어붙은 가슴을 열어

서로 한곳을 바라볼 수 있는
유일한 탈출구

꿈이 더 포근할 수 있게 하는
머리맡 그림책에 빠지다!

길

나
외로운 점

그래도
우리가 만나서 길이 났네

고샅을 돌아
결국에는 지름길을 놓쳤지만

우리
외로운 무인도

함께 좌대에서
낚시놀이를 한다

*고샅: 마을의 좁은 골목길

얼음땡놀이   - 임신부 방석

키 작은 엄마

순환선 전철
호호 계단을 오른 후
서둘러 몸을 실었다.

붙잡고 놓았다
놓쳤다가 매달리는

시계추 끈 안에 있는
배를 타고 간다

이 자리는 내 자리다
만원전철에서 이미 나온 배를 더 내밀어보지만

넌 뭐냐 위아래 훑어보다가
밤새 귀잠 억지로 불러내지 말고

앉아있던 보석은 일어나고
서있는 준보석은 비켜주며

현재 달리고 있는 순환선의 얼음은
이만 땡

*귀잠: 매우 깊이 든 잠

별

엄마는 어때?
여기도 좋아

밤이 되면
자는 널 지켜줄 수 있으니까

넌 어떠니?
괜찮아, 정말 괜찮아

어두워지면
그때만 불러서 미안해

엄마는 *끄덕*이셨다
끄떡없으시다며

좋다니 나도 좋구나
무릎 나온 추리닝 그만 좀 입어
울 ○○야! 물려준 자수배냇저고리 입으렴

아직도 아가인 줄 아나?
내년이면 4학년 2반이야.

엄마는 멋쩍이셨다
멋쩍게 웃다가 사레 드셨다

숫눈을 맞으며
깨끔 발로 하늘을 올려보자

어느새 눈보라가
내 손을 달달 떨리게 했다

아가야
아픈데 눈 맞으면 더 아프단다
얼른 들어가렴

첫걸음을 떼자
도화지에 꽃이 피었다

길잡이별을 따라
집으로 돌아갔다

*숫눈: 눈이 와서 쌓인 상태 그대로인 깨끗한 눈
*깨끔빨: 발꿈치를 들고 발끝으로 서는 행동이나 그 발을 가리킨다.

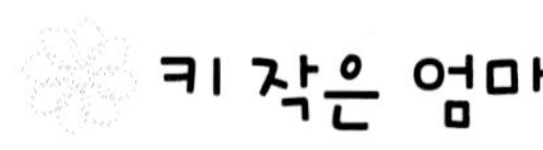

키 작은 엄마

틀림이 다름을 다그쳐도
오롯이 다름을 인정하듯

아무도 토닥토닥거려주지 않아도
당신의 삶과 더불어 어루만져 나아가셨다

특별히 작아서
그 빛을 더 발하는
울 엄마는 키 작은 엄마

저희들과 함께 세상을 보는
뜨기 위해 눈높이를 낮춰주신 거래요

울 엄마가 아닌 내 엄마가 되어줘서
고마워요

누구도 바라봐주지 않을 때
못난 딸 발이불이 되어주셨던
마음 가득 품고 접어
더 큰 이불로 가족을 덮어드릴게요

살겠네

아가들 얼굴만 봐도 살겠네

햇빛에 눈을 찡그리게 되는 날
이씨(李氏) 때문에 내가 잘 살아
내가 잘 살아

어느새 아가들도 웃지요.
엄마는 잘 살 거라고…

얼굴만 봐도 잘 살겠네
보란 듯 살아보고
말 그대로 잘 살 거야

키 작은 엄마